ARMAND V...

POÉSIES

LYRIQUES

ODE A NAPOLÉON III — ODE A L'IMPERATRICE — LE CHRIS-
TIANISME — L'HIVER — SUR LA FAMEUSE COMÊTE DE
186... — CATARACTE DU DOUBS — L'ENFANT ET LE PA-
PILLON — BONHEUR — NOUVEL AN — CIEL ET TERRE
— TELEGRAPHE ELECTRIQUE — SOMMEIL DE L'ENFANT

— Prix 60 cent. —

PARIS

E. DENTU, LIBRAIRE-EDITEUR, PALAIS-ROYAL, 13
GALERIE D'ORLÉANS.

1860

Y

POÉSIES
LYRIQUES

—≫ Prix : 60 cent. ≪—

PARIS

E. DENTU, LIBRAIRE-ÉDITEUR, PALAIS-ROYAL, 13,

GALERIE D'ORLÉANS.

1866

POÉSIES LYRIQUES.

ODE

A NAPOLÉON III.

.. ..quæ te tam læta tulerun
Sæcula !   (Virgile).

Sois fière, ô ma noble patrie,
Et, dans tes chants, rends grâce aux dieux
D'un ciel que l'Univers envie ;
D'un règne à jamais glorieux !
Vois : quelle gloire te couronne !
Quelle lumière t'environne ;
Jetant leurs reflets au lointain !
Jaloux du bien de ton empire,
Tout roi te contemple et t'admire ;
Regarde : et bénis ton destin !

Vois : l'Europe entière en alarmes ;
La mort moissonnait ses enfants ;
Mars, à ta voix, suspend ses armes ;
La paix fait trève aux combattants ;
Dis-nous : d'où te vient tant de gloire ;
Est-ce du char de la victoire ?
De tes canons foudres géants ?
Non ; sur tes vaillantes épées,
Tu dédaignes d'impurs trophées
Souillés de cadavres fumants !

D'où te vient donc ce haut prestige ?
Cet arbitrage souverain,
Chez de puissants rois en litige,
Mettant leurs discords en ta main ?
Ta voix, d'un mot, calme la guerre ;
Tel Jupiter mouvait la terre
D'un froncement de son sourcil !
Ce haut rang, ce pouvoir suprême,
Qui porte au ciel ton diadème,
Dis-nous : dis-nous, d'où te vient-il ?

Il vient d'un tout-puissant génie,
Ami de la paix, du repos ;
Qui hait le sang, la tyrannie ;
Héros, modèle des héros !
En qui la France, si prospère.
Bénit un bienfaiteur, un père ;
Héros, simple et majestueux,
Ennemi de toute mollesse ;
Qui met sa gloire en sa sagesse,
Sa vie à faire des hèureux !

Non pas que ses armes guerrières
Redoutent en rien l'étranger ;
Humain, il épargne des frères
Que Dieu lui dit de protéger !
Sa foudre a l'aile de l'orage,
Et sait atteindre qui l'outrage !
Quel roi ne craint ses traits vengeurs ?
Le ciel de l'un et l'autre monde
A vu flotter, sur terre et onde,
Les plis de nos drapeaux vainqueurs !

Se confiant dans sa justice,
Dans son pouvoir prépondérant,
Deux rois, rivaux, sous son auspice,
Vident, amis, leur différend.
Puisse son immense influence,
En apaisant chaque puissance,
Du mal arrêter les progrès !
Ah ! puisse un premier armistice
Etre le glorieux indice,
Pour tous, d'une durable paix !

La paix : c'est le rêve des mères ;
Le doux espoir du laboureur ;
Un baume à des pertes amères ;
Enfin, pour tous, c'est le bonheur.
O paix ! des fureurs de la guerre,
Descends ; viens consoler la terre ;
Rendre le calme aux nations !
A ces humbles vœux sois propice ;
Qu'en toi, chaque peuple bénisse :
L'étoile des Napoléons ! ! ! !

ODE

A L'IMPÉRATRICE.

—

La Sœur de Charité.

I

Arrière, muse profane ;
A qui veut chanter le ciel,
Que divin soit son organe ;
Qu'il soit doux comme le miel ;
Que son chant, sa poésie,
Du nectar, de l'ambroisie,
Aient l'enivrante douceur !
Qu'il méprise toute fange
Et qu'il ait l'âme d'un ange,
Et son accent la candeur !

O sœur, quelle voix magique
Peut retracer dignement
De votre vie angélique
Les vertus, le dévoûment ?
Peindre votre âme enflammée,
D'une ardeur sainte animée,
N'ayant qu'un rêve : les cieux !
Redire quels purs délices
Elle goûte aux sacrifices
De vos soins religieux ?

Et quelle est cette humble vierge,
Pâle, au front ceint d'un bandeau ?
Dans ses mains brille un blanc cierge ;
Seule, veillant un tombeau !
Voyez : comme, recueillie,
Elle s'agenouille et prie ;
Ange gardien de la mort !
Sur l'aile de sa prière,
Toute âme, heureuse et légère,
S'envole au céleste port !

Là, pieuse et tendre mère,
Elle berce, sur son sein,
Un enfant de la misère,
Qu'elle endort d'un doux refrain !
Par son amour que de songes ;
Que d'adorables mensonges
Vont enchanter son sommeil !
Et puis — comme elle dépose,
Sur son front, sa lèvre rose,
Le chaud baiser du réveil !

Là, dans cet immense asile,
Le vieillard, dans sa douleur,
Dans la mort s'endort tranquille,
En bénissant une sœur !
La divine Providence
L'a mise, pour l'indigence,
De l'existence aux deux seuils :
Double étoile qui scintille ;
A la tombe, au berceau brille,
Comme un phare à deux écueils !

Que le choléra, la guerre,
Ces deux terribles fléaux,
Viennent ravager la terre,
Et la couvrir de tombeaux ,
Compagne de la souffrance,
A l'hospice, à l'ambulance,
Elle vient vous secourir ;
Court, vole, se multiplie,
Et le péril seul oublie
Pour celui qui va mourir !

II

Une Reine vertueuse,
France, à ta gloire aujourd'hui,
Sœur héroïque, pieuse,
Fait de son trône un appui !
Reine charitable et bonne,
Plus belle qu'une madone,
Au regard doux, pudibond !
Ah ! souveraine immortelle,
Qu'elle est grande, qu'elle est belle
Au chevet d'un moribond !

O jour trois fois mémorable !
Où bravant, dans l'Hôtel-Dieu,
Seule, un fléau redoutable
Et que l'on fuit en tout lieu ;
Tandis que, nouvelle Blanche,
Sur un lit elle se penche

Pour secourir la douleur :
L'humble et sublime servante,
A la voix d'une mourante,
Tressaillit au nom de : Sœur !

Et dans Amiens, cité morne,
Naguères, et de nouveau,
Quittant le trône qu'elle orne,
Elle affrontait le fléau !
Rassurant, par son courage,
La foule, sur son passage,
Sombre, dans la ville en deuil ;
Ah ! combien doit être fière
La France qui la révère
Et que noble est son orgueil !

Des pauvres, en leur misère,
Elle adoucit le destin ;
Elle est l'ange tutélaire
De la veuve et l'orphelin !
Dans toute œuvre charitable,
Elle brille tout aimable ;
Et quel soin tout maternel !
Reine auguste et vénérée,
Reine doublement sacrée :
Par la terre et par le ciel !

Sœur, à vous honneur et gloire !
Gloire, honneur pour l'indigent
Qui bénit votre mémoire ;
Pour le vieillard, pour l'enfant !

Gloire à votre âme divine,
Noble Sœur, douce héroïne !
Gloire, honneur à la bonté !
Gloire à l'illustre couronne
De l'Ange sur qui rayonne
L'astre de la charité !!!!

ODE

—

Le Christianisme.

—

Gloire au Christianisme !
Soleil des temps nouveaux !
Tombeau du paganisme ;
Honneur à ses héros !
Honneur à son génie !
Sa lumière infinie
Luit sur l'humanité ;
Il a, source féconde,
Régénéré le monde
Par sa divinité !

Le sang fut son baptême ;
Le sang d'un Dieu martyr,
Qui, fait homme lui-même,
Pour nous voulut mourir.
Ce sang, bonté divine.
Lava notre origine,
Ce sang, don précieux,
Est l'invisible chaîne
Unissant, dans la peine,
La terre avec les cieux.

La croix, son saint emblême,
Brille sur terre et eau ;
Superbe au diadème,
Humble sur le hameau ;
Altière à la coupole,
Et, nouvelle auréole,
Domine nos parvis !
Remplace au Capitole,
Le dieu, première idole
Des temps évanouis !

Sa céleste puissance
Dirige le Destin ;
Par elle, sur Maxence,
Triompha Constantin ;
Le preux du Moyen-âge
Porta haut son image ;
Prestige en Orient,
Au temps du fanatisme,
La croix, de l'islamisme
Fit pâlir le croissant !

Que dire des apôtres
Défenseurs de sa loi ?
Des martyrs, héros autres,
S'immolant par sa foi ?
Son culte, dans ces âges,
Du milieu des orages
Est sorti triomphant.
Tel, d'une nuit profonde,
Sort l'astre roi du monde,
Au ciel resplendissant !

Sa loi, toute divine,
Est toute charité ;
C'est la haute doctrine
De la fraternité !
Avant, le scepticisme,
D'un étroit égoïsme,
Foulait l'humanité.
Charité, c'est pour l'homme
Ce qu'aujourd'hui l'on nomme :
La solidarité.

La plus belle morale
Est là, dans cette loi ;
Loi, base sociale,
Ayant honni le : moi !
Toute philosophie,
En dehors, est folie ;
Folle est, sans charité,
Toute humaine sagesse ;
Le beau toujours — sans cesse —
Est dâns : Humanité !

L'Hiver.

—

Me juvat immites ventos audire cubantem !

Poéte aux sombres chants, j'aime à voir la nature
Dans les champs, dans les bois dépouiller sa verdure,
Alors que les oiseaux, désertant nos climats,
Annoncent par leurs cris le retour des frimas.
Ce deuil plaît a mon âme : un vallon plein d'ombrage
A moins d'attraits pour moi qu'une plaine sauvage,
Où les feuilles des bois, sous des cieux tout couverts,
En légers tourbillons s'élèvent dans les airs.
Tantôt, dans la forêt, errant à l'aventure,
Sous le froid aquilon je l'entends qui murmure,
Et de sa plainte en moi recueillant les accents,
De ses soupirs amers je compose mes chants.
Tantôt, quand le soleil à l'horizon décline,
Marchant, d'un pas rêveur, le long de la colline,
Je demande au ruisseau, dont je foule les bords,
De me prêter sa voix et ses plaintifs accords.
D'autres fois, tout pensif, de quelque cime altiere,
De l'astre pâlissant j'observe la lumière,
Et les riches couleurs qui brillent sur son front,
Quand son orbe lointain se couche à l'horizon,
Ou d'un œil curieux, dirigé vers la nue,
Je contemple du ciel la bizarre étendue,
Interrogeant là-haut tous ces nuages blancs
Que chasse devant lui le souffle des autans.

Et la nuit, quand la neige a couvert les montagnes,
Et blanchi les maisons, les bois et les campagnes,
Et que, dans l'ombre, au loin, tout est silencieux,
Souvent je veille seul, et, regardant les cieux,
Longtemps je vois la lune, au milieu des étoiles,
Monter en rayonnant dans l'espace sans voiles.
Si je rêve, des vents j'aime entendre les voix,
Hurlantes par rafale, en grondant sur les toits,
Faire crier la tour a la structure antique,
Et gémir les vitraux de l'église gothique.
Les sifflements aigus de leurs vaines fureurs
Me font mieux du repos savourer les douceurs.
Et quand des feux du jour l'Orient se colore,
Que l'on voit, sur son char, reparaître l'aurore,
J'aime à voir les glaçons et le givre vermeil,
Scintiller aux reflets des rayons du soleil ;
La neige se lever, sous une froide haleine,
Et, comme une mer blanche, ondoyer dans la plaine,
Où sur le lac, au loin, une troupe d'enfants
Glissent, en long cordon, joyeux et triomphants,
Tandis que, dans les bois, le chasseur intrépide
Poursuit, avec ardeur, le lièvre au cœur timide ;
Ou que sa meute ardente, au bruit du cor sonnant,
Harcèle le chevreuil dans sa course écumant !...

Sur la fameuse Comète
de 186....

L'air est pur, la nuit calme, et le ciel est sans voiles ;
Chacun peut contempler, au milieu des étoiles,
Au sein harmonieux du dôme étincelant,
La nouvelle comète, astre resplendissant,
Astre mystérieux qui, dans sa course immense,
Dérobe son retour aux loïs de la science.
Vrai phénomène ! aussi voit-on, de toutes parts,
Vers elle des curieux s'élever les regards.
Sans peine, on l'aperçoit à la longue traînée
Que laisse sur le ciel sa marche illuminée.
De tous côtés, la joie éclate en cris joyeux ;
Sa tête monstrueuse étonne tous les yeux.
A son aise, chacun exprime sa pensée ;
Des badauds nos savants deviennent la risée ;
Les uns, sans se gêner, disent qu'à parler net,
C'est faire un pied de nez au pauvre Babinet !
Si grosse et n'avoir pu signaler sa présence ;
On ne peut autrement expliquer son silence.
D'autres, à son aspect qu'on ne saurait nier,
Attaquent l'Institut, plaisantent Leverrier ;
Le cas, pour ce grand Corps, leur semble être pendable ;
Il aurait dû prévoir, il est inexcusable ;
On demande à quoi sert, en de si chers moments,
Le pompeux appareil de ses gros instruments !
Puis viennent des propos qui sont d'autre nature ;
On dit partout qu'elle est d'un très-funeste augure.
Elle annonce la mort d'un tel — en vérité,

Si l'on en croit le bruit le plus accrédité;
C'est ainsi qu'autrefois, à son dernier passage,
Charles-Quint de sa mort vit un certain présage.
Mais ici, comme en tout, selon son intérêt,
Contre ses ennemis chacun cherche un arrêt.
Ainsi chaque parti, d'un sentiment contraire,
Croit lire son triomphe en l'astre séculaire.
C'est de l'esprit humain l'effet des passions;
Le sage, seul, n'y voit que vaines prévisions;
Celui qui n'a pu même annoncer sa présence,
Pourrait-il pénétrer sa sublime existence?
Incline-toi, mortel, ici, comme au saint lieu,
Regarde et reconnais le doigt puissant d'un Dieu!

Cataracte du Doubs.

—

Du haut de la colline,
D'où l'œil au loin domine,
Voyez-vous à vos pieds bleuir ce lac d'azur,
Si tranquille et si pur,
Qu'on le dirait dormant dans son lit de verdure,.
Où sourit la nature ?

On voit, chaque matin,
Se lever, de son sein,
Une vapeur légère
Que pompe la lumière,
Quand l'orbe du soleil,
A l'horizon vermeil,
Paraît sur la colline,
De ses feux l'illumine ;
Et, prenant son essor,
Répand en gerbes d'or,
Sur son urne qui fume,
Sa clarté qui reluit,
Au travers de la brume
Qui s'élève et s'enfuit.

C'est là qu'au temps où la moisson se dore,
A l'aube d'un beau jour, cent esquifs pavoisés
      Brillent, nonchalamment bercés,
         Aux brises de l'aurore !

Tout se meut ; du départ le signal se donnant
Au bruit de la fanfare et de l'airain tonnant,
         L'essaim joyeux s'élance,
         Sur l'onde se balance,
         Et bientôt disparaît,
         Sur des eaux moins limpides,
         Dans des roches humides,
         Comme un rapide trait.

Le voilà voltigeant dans un vallon sauvage ;
Gorge immense et profonde, où le Doubs, sans rivage,
         S'abîme entre deux monts béants ;
Qui le front couronné de sapins, noirs géants,
Se courbent en arceaux sur son onde bleuâtre,
Et projettent au loin leur sombre amphithéâtre.
Leur bizarre structure, aux yeux épouvantés,
N'offre, de toutes parts, que lugubres beautés.
Voyez-vous, au milieu du lierre et de la ronce,
Cette grotte, au front noir, qui dans le roc s'enfonce,
Et qui porte, à son pied, l'empreinte du burin ?
On dirait l'antre obscur de quelque dieu marin !

La, noircis par les ans, deux rochers gigantesques
Décrivent, dans les airs, des sites pittoresques.

L'un imite une tête, à l'aspect monstrueux ;
Et l'autre, une statue où la Vierge des cieux,
Son enfant dans les bras, assise sur la cime,
Semble veiller en paix sur les eaux de l'abîme !

Du bassin, cependant, les monts, aux noirs contours,
Baissent, et le torrent, moins rapide en son cours,
Dans le calme profond d'une modeste pente,
De circuits en circuits, poursuit sa course errante.
Ainsi qu'un vieil athlète, il semble recueillir,
Au suprême moment, ses forces pour bondir !

Arrivés dans un anse, hâtez-vous de descendre :
Remarquez-vous quel bruit au loin se fait entendre ?
C'est le monstre aux cent voix ! malheur à l'imprudent
Qui par trop se confie à son lit indolent !

Par un étroit ravin, sur une roche énorme,
De l'anse, avec fracas, le torrent, qui se forme,
Arrive plein d'écume, en globe s'arrondit ;
Et, sur un précipice, il s'élance et bondit,
En déroulant sa nappe en immense colonne,
Qui tombe, à blancs flocons, dans le gouffre qui tonne ;
Se brise et rejaillit en liquides réseaux ;
Et puis, comme confus du grand bruit de ses eaux,
A travers des écueils, dans des roches profondes,
Dérobe, à tous les yeux, les débris de ses ondes !...

L'enfant et le Papillon.

Un jour, c'était le temps de la saison nouvelle,
Un enfant, échappé de l'aile maternelle,
Errait dans un jardin, où de charmantes fleurs
Etalaient à ses yeux leurs brillantes couleurs,
Quand il vit, par hasard, venir une capture ;
C'était un papillon qui cherchait aventure.
Souriant et léger, au gré de ses désirs,
Il va, revient, retourne au souffle des zéphirs ;
Puis il revient encore, et choisit une rose,
Mais c'était la plus belle et la plus fraîche éclose.
Là, déployant son aile, aux rayons du soleil,
Il brille d'un éclat plus pur et plus vermeil.
Charmé de ses attraits, sans perdre une seconde,
L'enfant qui, pour l'avoir, donnerait tout un monde,
Le front brillant de joie et le cœur palpitant,
Vers le rosier en fleurs s'avance doucement.
Se voyant assez près, non sans beaucoup de peine,
De peur de l'effrayer retenant son haleine,
Son bras crut le saisir ; mais celui-ci soudain
S'enfuit ; et le marmot, en retirant sa main,
Sentit son doigt blessé d'une épine cruelle.
Vers sa mère il accourt : « Mon enfant, lui dit-elle,

Ne verse point de pleurs, hélas ! mais souviens-toi
Que de la volupté c'est la fidèle image ;
Souriant pour tromper, laissant sur son passage,
Bien des douleurs ; plus tard, fuis le plaisir, crois-moi. »

Bonheur.

J'ai vu, dans la prairie,
Un jeune couple heureux,
Sous ses pas amoureux,
Fouler l'herbe fleurie.
Au bras de son amant,
Taille svelte, élancée,
Se balançait gaîment,
Sa jeune fiancée !

Un parfum de volupté
Semblait environner ce couple du mystère ;
Si le bonheur est sur la terre,
Il était là, dans ce couple enchanté.
De toutes parts régnait une douce harmonie ;
La nature, pour eux, paraissait rajeunie.
Tout leur parlait d'amour, car tout allait au cœur ;
En les voyant heureux, j'enviai leur bonheur.

Moi seul, aussi, dans la prairie,
De fleurs toute remplie,
J'eus voulu, par ce beau jour,
L'âme joyeuse et charmée,
Et le cœur plein d'amour,
Conduire ma bien-aimée !

Lontemps je suivis des yeux
Errants dans ce lieu solitaire,
Loin du profane vulgaire,
Ce couple favorisé des cieux.
    Ce que la solitude
      A pour les cœurs aimants
    De suave quiétude.
Se peignait dans leurs traits nonchalants.
    Mollement échevelée,
Leur tête allait flottant au gré des vents ;
    Ils disparurent dans la vallée,
    S'éloignant à pas lents.

De la plaine silencieuse,
Comme une voix mystérieuse,
Je crus entendre le soupir
D'une mélodieuse lyre.
Plus doux que le zéphir,
Ce soupir semblait dire :
    Ah ! quel plaisir,
Dans une campagne chérie,
    D'errer à deux !
Parmi les fleurs de la prairie,
    On est heureux
    D'errer à deux !

Nouvel an.

Il était nuit ; de l'an c'était l'heure dernière,
Et d'un ciel, sans nuage, et brillant de lumière,
Si ce n'est des ruisseaux le murmure éternel,
Aucun bruit ne troublait le calme solennel.
Tout portait à rêver : les ombres, le silence,
Les astres dans les cieux gravitant en cadence ;
Et, plus que tout cela, cet auguste moment,
Qui d'un an sur sa fin est le dernier instant.
Nous voilà, me disais-je, en mon âme étonnée,
Nous voilà parvenus au terme de l'année ;
Avouant, à regret, qu'il n'existe qu'un pas
Des fleurs à la moisson et des fruits au frimas.
Voilà donc comme vole, en trompant notre envie,
Ce songe passager qu'on appelle la vie ;
Ombre vaine où nos ans, vains jouets de l'amour,
Se succèdent, sans cesse, et s'en vont sans retour.
Tous nos jours sont soumis au plaisir, à la peine,
Et la mort dans son vol à la fin nous entraîne.
Et qu'y faire ? on ne sait ; tel est notre destin ;
Il n'est rien ici-bas sans aube et sans déclin ;
Tout meurt également, et le chêne et l'arbuste ;
Rien ne résiste au temps, que la vertu du juste.
Et, jetant un regard sur les siècles passés,
Par l'effroi du trépas mes sens étaient glacés,
Quand le marteau d'airain, sonnant l'heure fatale,
Douze fois retentit dans la tour colossale.

Dans les airs bourdonnant, le son vibrait encor,
Lorsqu'aux cieux étoilés, une planète d'or,
Traversant de la nuit l'obscurité douteuse,
Se montra sur les monts brillante et radieuse.
Sa lumière de ciel rendit l'éclat plus pur ;
Mille globes de feu scintillaient dans l'azur ;
Pendant que la trompette, au fifre réunie,
Entonnant, sur la terre, un hymne d'harmonie,
De sons mélodieux faisant sonner les airs,
Saluaient un beau jour par de joyeux concerts !

Ciel et Terre.

—

Bienheureux est l'enfant qui meurt à son berceau,
Sans connaître le poids de ce pesant fardeau,
Qu'en un langage obscur on appelle la vie !
Il ne l'a point portée : sans regrets, sans envie,
En oiseau passager, que l'on n'a vu qu'un jour,
Il a pris son essor vers un meilleur séjour.
Et nous pleurons sa mort, tandis que Dieu lui donne,
Sans qu'il ait combattu, la céleste couronne.
Et nous, qui le pleurons, nous ne connaissons pas
Si le même bonheur, après bien des combats,
Et des revers, peut-être, et des jours de souffrance,
Sera le dénoûment d'une frêle existence.
Nous vivons incertains, sans que nos yeux jamais
Puissent de l'avenir pénétrer les secrets.
Nos regards, trop bornés pour en percer le voile,
Se perdent dans son ombre et ne voient point d'étoile.
Au reste, y pensons-nous ? Occupés du présent,
Nous voyons l'avenir d'un œil indifférent,
Et bien loin de chercher à sonder ce mystère,
Nous osons le traiter du vain nom de chimere.
Excepté le bonheur, tout est rêve pour nous ;
Et lui seul est un rêve, un rêve pour nous tous
Qui le cherchons partout, le poursuivons sans cesse ;
Et nous le promettons, les uns, dans la richesse ;
Les autres, dans la gloire ou bien dans les plaisirs ;

Mais sans pouvoir jamais contenter nos désirs.
N'en soyons point surpris ; nos cœurs insatiables
Ne sauraient se nourrir de choses périssables ;
A notre âme immortelle il faut un aliment
Au-dessus de ces biens sujets au changement.
Et si nous étions faits pour ce monde qui passe,
D'où vient que les honneurs sont un poids qui nous lasse?
Que nous tremblons toujours au sein de nos trésors,
Et que nos vains plaisirs sont suivis de remords?
Ce ne peut être là que se borne la vie;
Nous sommes destinés pour une autre patrie ;
Misérables mortels, qui cherchons, ici-bas,
A jouir du bonheur où le bonheur n'est pas ;
Enfants dénaturés d'une source divine,
Sachons régler nos vœux selon notre origine.
Il nous reste un vrai bien ; cherchons-le dans l'espoir
Que laisse la vertu, que laisse le devoir.
Espérer : c'est jouir ; et, dans notre existence,
Dieu seul du vrai bonheur nous donne l'espérance !

Télégraphe électrique.

—

De l'électricité les merveilleux effets
Surprennent nos esprits, nous rendent stupéfaits ;
Si nos aïeux, sortant de leurs tombeaux antiques,
Pouvaient voir les réseaux de nos fils électriques,
N'accuseraient-ils pas de discours fabuleux
Le récit surprenant qu'en feraient leurs neveux ?
De la pensée humaine, interprète fidèle,
L'électricité vole aussi rapide qu'elle ;
Son extrême vitesse est celle de l'éclair,
Qu'en temps d'orage on voit briller et fendre l'air.
Sa nature est la même. En moins d'une seconde,
Elle ferait, dit-on, sept fois le tour du monde.
La distance n'est rien. — De sa rapidité,
Naît pour les nations sa grande utilité ;
De Londres à Madrid, l'homme parle avec l'homme,
Et Rome est dans Paris, et Paris est dans Rome.
S'il arrive à Berlin quelque fait important,
A Vienne, à Pétersbourg, on le sait à l'instant.
D'un complot mal formé s'il perce une étincelle,
Le pays aussitôt en connaît la nouvelle,
Moniteur vigilant, le télégraphe est là,
Du genie inventeur, c'est le *nec plus ultra*.
La vapeur a, sans doute, enfanté des merveilles,
Les discours qu'on en tient étonnent les oreilles ;
Dans l'espace élancés chefs-d'œuvre des humains,

On admire à bon droit la marche de nos trains.
Mais rien absolument n'égale le prodige
Que la télégraphie attache à son prestige ;
Elle est, mais on n'en peut comprendre la raison,
Sa vitesse confond l'imagination.
Jamais on a rien vu d'égal à sa puissance ;
Comment peut-elle ainsi traverser la distance ?
On ne le conçoit pas. Témoin de son effet,
Habile qui pourra pénétrer ce secret.
Il faut trancher le mot : c'est pour tous un mystère,
Ici, l'homme ne peut qu'admirer et se taire.

Sommeil de l'enfant.

—

Dans ta couche légère,
Repose, enfant chéri ;
Doux espoir de ta mère,
Repose, mon Henri !

D'un ange la tutelle
Protége ton berceau :
Repose sous son aile,
Comme un petit oiseau.

L'avenir n'est pas sombre
Pour les petits enfants :
Tu peux dormir dans l'ombre,
Tes jours sont innocents.

Repose ; à ce bel âge,
Aucun souci jaloux
Ne trouble et ne partage
Le sommeil toujours doux.

Profite de l'enfance :
Dors ; le sommeil est pur,
Aux jours de l'innocence,
Comme un beau ciel d'azur.

Dors : la vie est un rêve
Qu'on caresse un instant ;
Comme l'eau, sur la grève,
Qui se brise en jouant !

Bar. — Typ. L. Guerin et Cⁱᵉ.

Bar. — Typ. L. GUÉRIN et Cᵉ